# LETTRES
## A UNE DAME
## DE PROVINCE
### SUR
## LES DIALOGUES
### D'EUDOXE ET DE PHILANTHE.

## A PARIS,

Chez la Veuve de Sebastien Mabre-
Cramoisy, Imprimeur du Roy, ruë
Saint Jacques, aux Cicognes.

M. DC. LXXXXVIII.

*Avec Privilège de Sa Majesté.*

CE s Lettres font d'un Abbé de la Cour fort honnefte homme qui aime l'étude, & qui s'en fait une occupation agréable dans un lieu où le temps ne manque pas quand on n'a nulle part aux affaires, & qu'on ne fe livre pas aux plaifirs. Il eft curieux de tout ce qui fe fait de nouveau, & il employe quelquefois à la lecture les journées entiéres, que la moitié des Cour-

tifans paſſe à ne rien faire,
ou en des amuſemens fri-
voles qui valent bien moins
que l'oiſiveté. Il eſt ami
d'une Dame fort ſpirituelle & fort ſage, qui a de-
meuré pluſieurs années à la
Cour, & que ſa mauvaiſe ou
ſa bonne fortune en a éloi-
gnée depuis la mort de la
Reine. Comme elle ſçait l'i-
talien & l'eſpagnol, qu'elle
n'ignore pas meſme la langue de Virgile & de Cicé-
ron, & qu'elle a du gouſt
pour les beaux ouvrages; ils
ont enſemble un commer-
ce réglé de bel eſprit, &

c'eſt à elle que les Lettres qui paroiſſent, ſont écrites. La Dame, dans le temps qu'elle les receût, ne put s'empeſcher de les montrer à une Perſonne qui les fit tranſcrire: car il n'y a nulle bonne foy en cela, meſme parmi les honneſtes gens; & c'eſt le deſtin de ces ſortes de piéces, de courir quelque temps de main en main ſous une apparence de ſecret, juſqu'à ce qu'elles deviennent enfin tout-à-fait publiques.

PREMIE'RE

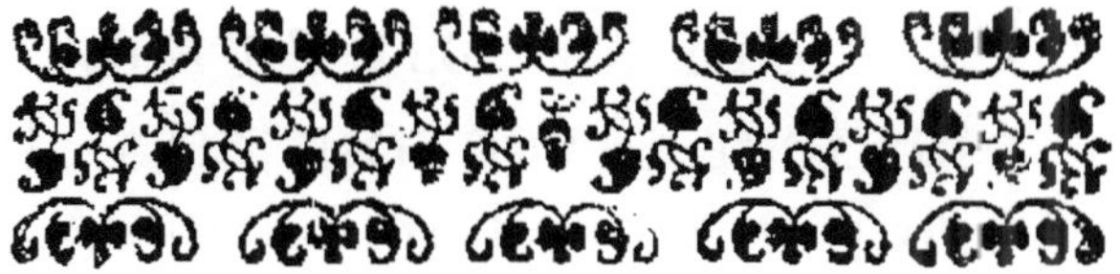

*PREMIE'RE*

*LETTRE.*

Madame,

Le Livre que je vous ay envoyé, & dont vous voulez sçavoir mon sentiment, fait beaucoup de bruit dans le monde. Je ne voy personne qui ne le lise, ou qui n'en parle. Tous conviennent qu'il est bien écrit, qu'il est agréable, & qu'il peut servir à former le goust, ou du moins à le rendre plus délicat

A

& plus feûr. Avec tout cela il n'a pas une approbation générale, & jamais ouvrage n'a esté plus loüé ni plus critiqué en mesme temps; car je suis bien-aise de vous mander le jugement du public & celuy des particuliers, sur LA MANIE'-RE DE BIEN PENSER DANS LES OUVRAGES D'ESPRIT, avant que de vous dire ce que j'en pense moy-mesme. Comme j'ay leû ces DIALOGUES plus d'une fois, & que je m'en suis fait une étude ou un divertissement qui ne me paroist pas inutile, j'ay pris plaisir à observer tout ce qui s'est dit pour & contre, & il me semble que rien ne m'a échapé.

Les Dévots, dont la critique est impitoyable, comme vous sçavez, ont esté les premiers à censurer les D i a l o g u e s : ils les ont condamnez sur le seul titre, & avant que de les avoir leûs ; ou plûtost ils ont esté scandalisez de ce que l'Auteur n'avoit pas fait un livre de dévotion, & qu'au lieu de nous donner des régles pour bien vivre dans le monde, il se soit amusé à nous en donner pour bien penser dans les ouvrages d'esprit. Ils trouvent mauvais qu'un homme de son caractére & de son âge lise les Poëtes, & ne soit pas appliqué uniquement à la lecture des Livres sacrez & des Peres de l'Eglise.

Ceux qui ne sont pas dévots de profession, & qui ne sont que chrestiens & raisonnables, n'approuvent pas la critique des Dévots : elle leur paroist dure & injuste. Saint Chrysos-

tome, qui lifoit les Comédies
d'Ariftophane, pour fe délaffer
de fes études férieufes, n'eftoit
pas fi fcrupuleux que ces fé-
véres cenfeurs. L'Auteur des
DIALOGUES à compofé plu-
fieurs livres de piété, & il en pré-
pare de nouveaux : mais l'efprit
a befoin de quelque relafche,
& mefme de quelque amufe-
ment pour fe foûtenir dans le
travail. Les Saints Peres eux-
mefmes n'écrivoient pas toûjours fur des matiéres de morale & de Religion ; & nous a-
vons d'eux des Traitez de Mu-
fique & de Grammaire, de Dia-
léctique & de Rhétorique toute pure.

D'ailleurs un Jéfuite, car on
ne doute pas, MADAME, que
l'Auteur des DIALOGUES
d'Eudoxe & de Philanthe ne

soit le mesme que celuy des
Entretiens d'Ariste &
d'Eugéne; un Jésuite, dis-je,
n'est pas un anachoréte de la
Thébaïde, ni un moine de la
Trape. Il est obligé par sa profession à étudier les belles Lettres; & vouloir luy en interdi-
re le commerce, c'est n'avoir
pas la premiére notion de son
état. Il peut au moins lire les
Auteurs profanes, & cultiver
les sciences humaines; comme un Chartreux peut s'amuser
aux fleurs de son jardin dans le
temps qu'il ne chante pas les
loüanges de Dieu.

Les autres gens qui s'élévent
contre LA MANIÉRE DE
BIEN PENSER, en font une
critique plus maligne. Ce sont
des personnes qui se piquent
de réforme en tout, qui affé-

ctent une morale fort auftére, & qui aiment les Jéfuites mé- diocrement. Ils foûtiennent en tous lieux que le Livre cho- que la bienféance & les bon- nes mœurs. Quoy, difent-ils en hauffant les épaules, & en élevant les yeux au ciel, on par- le dans ces Dialogues de la Didon de Virgile, & de l'Ar- mide du Taffe ! on y rapporte des paffages où entre l'amour ! Cela fait horreur, & on ne peut lire en confcience un Livre fi profane.

La févérité de ces Cafuiftes n'empefche pas que tout le monde ne life les Dialogues fans fcrupule; & fi c'eft un pé- ché de les lire, il n'y a guéres de confciences nettes à Ver- failles & à Paris. Mais les per- fonnes fenfées fe moquent de ces Meſſieurs les réformez : car enfin il eſt ridicule de s'effaroucher des noms de Didon & d'Armide, comme ſi c'eſtoient des noms deshonneſtes. Saint Auguſtin parle de Didon dans ſes Confeſſions, & de Lucréce dans la Cité de Dieu, ſans craindre de bleſſer les oreilles chaſtes. Le deſſein qu'il a en citant l'une & l'autre, juſtifie ſa citation ; & c'eſt auſſi, ce me ſemble, ce qui doit juſtifier toutes les citations de l'Auteur des Dialogues. Il n'a non plus eû en veûë la galanterie que Saint Auguſtin ; & l'eſprit de critique qui regne dans tout ſon ouvrage en fait foy. Car ſon but unique eſt d'éxaminer ce qu'il y a dans les penſées ingénieuſes de vray ou de faux, de naturel ou d'affecté ;

& de faire voir en quoy la no-
bleſſe eſt diſtinguée de l'enflu-
re, l'agrément de l'afféterie,
la délicateſſe du rafinement,
le bon ſens du galimatias : il
ne prend que le pur eſprit des
penſées, ſans conſidérer la matiére que par rapport à la forme ; & il faut n'entendre nullement raiſon pour luy faire un
procés criminel là-deſſus.

On ne s'eſt point encore avi-
ſé de blaſmer un illuſtre Abbé
devenu Eveſque, d'avoir écrit
DE L'ORIGINE DES RO-
MANS. C'eſt un homme de lettres, dont le génie étendu ſe partage entre les ſciences humaines & les ſciences divines ; qui
tantoſt recherche curieuſement
la ſource des hiſtoires fabuleu-
ſes, & tantoſt démontre docte-
ment la vérité de la Religion.

On n'a jamais accusé de galanterie un vertueux Prestre de l'Oratoire, qui dans son livre de l'usage des passions parle de la nature, des propriétez, & des effets de l'amour ; & je ne sçache pas que personne condamne de libertinage un Chanoine Régulier de Sainte Géneviéve fort homme de bien, & fort habile homme, qui dans son Traité du Poëme Epique a si bien touché les passions & les sentimens. Car l'un traite son sujet en Philosophe & d'une maniére morale ; l'autre le sien, à l'éxemple d'Aristote & d'Horace, d'une maniére didactique. Il n'y a pas plus de raison de chicaner l'Auteur des Dialogues sur certaines pensées vives, tendres, & passionnées : il ne les cite que pour en fai-

re la critique ; & dans son des-
sein il ne pouvoit les omettre.
Il veut montrer, par éxemple,
que Virgile est plus naturel
que le Tasse : comment le faire
mieux sentir qu'en comparant
deux endroits de ces Poëtes,
qui sont dans le mesme genre, l'adieu de Didon à Enée a-
vec celuy d'Armide à Renaud?
C'est un malheur que ce qu'on
appelle fausse beauté, ou faux
brillant en matiére d'esprit, ne
tombe guéres que sur des sujets de cette nature. Ce n'est
pas approuver le déréglement
de la passion, que d'éxaminer
les pensées que la passion inspire, & les tours quelle prend pour
s'exprimer. Un bon Religieux
sçavant en peinture, tel qu'estoit le fameux Frere Luc Ré-
collet, que vous avez pu voir à

Saint Germain dans le temps
que vous estiez à la Cour, pourroit juger sans scrupule des dif-
férentes maniéres de nos Pein-
tres sur des tableaux dont les
figures auroient quelque chose
de profane. Il pourroit observer
innocemment la différence que
mettent les connoisseurs entre
deux Dianes trés-bien faites,
l'une antique, & l'autre moder-
ne ; & qui traiteroit cela de
galanterie n'auroit pas le sens
commun.

A la vérité l'Auteur des DIA-
LOGUES rapporte quelques
pensées italiennes & espagnoles
que la galanterie peut bien a-
voir inventées ; mais c'est pour
en faire voir la sottise & l'ex-
travagance ; c'est pour détrom-
per de jeunes gens qui les trouvent belles, & qui s'en laissent

éblouïr. Ainsi, MADAME, si
on faisoit justice à l'Auteur de
LA MANIE'RE DE BIEN
PENSER, on luy sçauroit gré
de son travail, au lieu de luy en
faire un crime; & son Livre
que des gens mal intentionnez
empoisonnent, seroit regardé
peut-estre comme un ouvrage
tout propre à réctifier le jugement de la jeunesse, & à la dé-
gouster de ces lectures frivoles.

Ce qui me paroist fort plai-
sant, MADAME, c'est que les
gens qui crient tant contre les
citations profanes ont traduit
les Comédies de Térence, &
les ont données au public. Ils
ont mesme traduit Don Guixote; du moins le bruit en cou-
rut, quand la Traduction fut
imprimée: & je me souviens
qu'en ce temps-là une Dame

de la premiére qualité eftant
aux eaux de Bourbon où eftoit
auffi un Jéfuite malade, elle
luy préfenta un jour Don Guixote, & luy confeilla de le
lire pour fe divertir. Comme
le bon Pere s'en défendit,
fur ce que ces fortes de livres
ne convenoient pas à un homme de fa profeffion : Il me
femble , répondit la Dame,
qu'un Jéfuite peut lire ce que
M. Arnauld a pu faire. Je ne
prétens pas prouver par là que
M. Arnauld foit effectivement
l'Auteur de la Traduction de
Don Guixote ; je veux dire feu-
lement qu'elle luy a efté attri-
buée, & qu'on crut alors que
n'eftant pas capable d'une étude fort férieufe au fortir d'u-
ne grande maladie, il s'amufa
à traduire ce Livre efpagnol

par pur divertiffement.

Mais voulez-vous, MADA-
ME, que je vous dife confi-
demment ma penfée fur le dé-
chaînement de ces Meffieurs
contre LA MANIÉRE DE
BIEN PENSER? Ce n'eft ni
Didon, ni Armide, ni Ovide,
ni Catulle qui les a irritez ; c'eft
Saint Cyran & fon galimatias.
Si l'Auteur n'euft point cité
ces belles Lettres que perfon-
ne n'entend, fon Livre n'auroit point efté contre les bonnes mœurs. Il eft arrivé, au regard des DIALOGUES d'Eu-
doxe & de Philanthe, ce qui
arriva au regard des ENTRE-
TIENS d'Arifte & d'Eugene. La
critique de *l'Imitation du Sieur
de Benil* excita tout l'orage ;
& cela eft fi vray, que jufqu'à
l'endroit où Eugene propofe

ses doutes à Ariste sur l'*Imitation*, les plus zelez du parti furent contens des Entretiens. Mais dés qu'ils eûrent veû qu'on ne les croyoit pas infaillibles dans le langage, & qu'on osoit critiquer quelques-uns de leurs mots & quelques-unes de leurs phrases, ils convinrent tous que les Entretiens estoient indignes d'un Religieux & d'un Prestre.

Voilà, Madame, la destinée des Dialogues. Je connois des gens qui les ont leûs avec plaisir, & qui les ont fort approuvez avant que d'en venir aux Lettres de Saint Cyran. Le chagrin leur a pris aussi-tost, d'avoir trouvé beau ce qu'ils avoient leû ; ils s'en sont repentis, & se sont dit à eux-mesmes, qu'ils s'estoient trompez. Enfin ils ont changé tout-à-coup de sentiment & de langage; & non-seulement ils ont trouvé le Livre mauvais, mais ils l'ont décrié autant qu'ils ont pu comme un ouvrage scandaleux.

Vous voyez, Madame, jusqu'où va le zele des disciples de Saint Cyran : ils sacrifient tout pour luy, jusqu'à leur propre jugement. Ils n'épargnent rien au reste pour sauver l'honneur de leur Patriarche. Comme ils ne peuvent nier le fait, ils disent par tout que quand il écrivit ces Lettres, il estoit fort jeune, & n'avoit pas plus de quinze ans. Je croy pour moy qu'il n'en avoit que sept ou huit, & que sa raison n'estoit pas encore formée. Ce qui m'embarasse seu-

lement, c'est qu'il parle en philosophe & en théologien, &
qu'il fait le docteur de bonne
heure. Peut-estre qu'il fut in-
spiré dés son enfance, & qu'il
sçavoit les plus hautes sciences sans les avoir apprises. A
vous parler sérieusement, Madame, quand Saint Cyran auroit écrit ces Lettres dans sa
jeunesse, cela ne l'excuseroit
pas, ce me semble ; ou il faudroit qu'il fust né avec une dis-
position merveilleuse au galimatias, pour dire des choses
incompréhensibles en un âge
où le feu de l'esprit brille trop
quelquefois, mais où il est rare
de penser & de s'exprimer si
obscurément. L'obscurité des
Lettres est, si vous y prenez
garde, un galimatias raisonné
& méthodique dont un jeune

homme de quinze ans n'eſt
point capable : auſſi Saint Cyran en avoit trente-neuf de
compté fait quand il écrivit
ces Lettres, à ce que j'ay ap-
pris de ceux qui en ont veû la
datte dans l'original, & qui
l'ont confrontée avec l'année
de ſa mort. Je croy meſme que
pour convaincre le public de
la vérité du fait, on a deſſein
de faire imprimer de nouveau
toutes les Lettres qui ſont écrites de ſa propre main, & d'y faire des notes curieuſes, afin que
le monde voye le véritable caractére de ſon eſprit, & la différence qu'il y a entre les Lettres
qu'il a compoſées luy-meſme,
& celles que ſes amis ont rac-
commodées & miſes dans l'état
où nous les voyons.

Aprés tout, il me ſemble que

ces Messieurs prennent la chose trop à cœur. On pourroit estre un grand Saint, & écrire de méchantes lettres : le galimatias n'est pas un crime devant Dieu ; & si on estoit damné pour cela, que deviendroient tant de gens de bien qui écrivent, qui parlent, qui preschent d'un stile qui ne s'entend pas, & qu'ils n'entendent pas eux - mesmes ?

Mais, MADAME, il y a une troisiéme espéce de censeurs des DIALOGUES : ce font des Sçavans chagrins, qui trouvent mauvais que l'Auteur ait égayé son ouvrage. Ils disent que le sujet estant grave & sérieux de luy-mesme, il falloit y donner une forme plus austére ; c'est-à-dire, qu'il falloit faire une Logique ou une Rhétorique dans les régles. Les personnes du

monde ne font pas de ce fen-
timent, & je vous avoüe que
je n'en fuis pas : un livre tout
hériflé de préceptes auroit efté
ennuyeux, & je fuis feûr que
la moitié des gens qui lifent les
DIALOGUES, ne les regar-
deroit pas s'ils eftoient tels
qu'un de ces Sçavans les voudroit. Ce n'eft pas au fonds un
grand défaut que d'égayer des
matiéres fombres & abftrai-
tes, & de mefler fi bien l'utile
avec l'agréable qu'on inftruife
fans ennuyer.

Enfin, MADAME, LA MA-
NIERE DE BIEN PENSER
eft critiquée par des perfonnes
raifonnables, qui eftiment, &
qui loüent l'ouvrage, mais qui
ne laiffent pas d'y trouver à redire en plufieurs endroits. Ces cri-
tiques-là font d'honneftes gens

qui ont leur gouſt, & qui ne
ſont pas toûjours de l'avis d'Eudoxe, non plus que Philanthe.
J'ay eû la curioſité de ſçavoir
le détail & juſques aux minu-
ties de leur critique ; mais je
ne pourray vous en faire part
aujourd'huy. Il faut du temps
pour écrire, & pour arranger
tout ce qui m'eſt revenu là-
deſſus. Je ſuis, &c.

# SECONDE

# LETTRE.

# Madame,

Je commence par les réfléxions générales que j'ay oüi
faire sur LA MANIE'RE DE
BIEN PENSER dans une
assemblée sçavante où je me
trouvay il y a quelques jours.
C'estoit une agréable société
de ces Philosophes, qui aiment
la vérité plus que la dispute, &
qui sçavent accorder avec les

belles Lettres tout le bon ſens
de la vraye Philoſophie. Comme LES DIALOGUES-d'Eu-
doxe & de Philanthe ne fai-
ſoient que de paroiſtre , &
qu'ils eſtoient entre les mains
de tout le monde, on ne man-
qua pas d'en parler. Le ſujet
qui eſt tout ſpirituel, & le tour
engageant du Dialogue furent
univerſellement approuvez, &
ſemblerent dignes du génie de
Platon meſme. On demanda
en ſuite ſi quelqu'un avoit leû
le livre avec aſſez d'éxactitude pour en rendre un compte
juſte ſur lequel on puſt ap-
puyer quelque ſorte de jugement. Je l'ay leû avec ſoin,
& plus d'une fois, dît un des
plus conſidérables de l'aſſem-
blée; & à regarder le gros de
l'ouvrage, je me déclare en fa-

veur d'Eudoxe. Non, je ne trouve rien dans ſa critique qui
ne tombe dans mon ſens, & je
dirois preſque qu'en liſant les
réfléxions qu'il fait ſur divers
endroits des Auteurs, je croyois
lire mes propres penſées, car
ma philoſophie n'eſt pas aſſez
auſtére pour m'empeſcher de
me réjoüir aux depens des faux
beaux eſprits. S'il y a donc quelque choſe à reprendre dans
l'ouvrage dont nous parlons,
ce n'eſt pas tant, à mon avis,
ce que l'Auteur a dit, que ce
qu'il a manqué de dire.

En effet, ajouſta-t-il, ſa critique eſt quelquefois un peu
ſuperficielle, & n'approfondit
pas aſſez les choſes, ſoit que
par honneſteté il n'oſe critiquer
qu'en tremblant, & avec ſcru-
pule, ſoit que par trop d'envie
de

de plaire, il craigne d'ennuyer
& de fatiguer ses Lecteurs, ou
que par modestie il les croye
aussi éclairez que luy. De quelque principe que cela vienne,
il se contente d'éffleurer les matiéres; & il passe si légérement
sur ce qu'il touche, qu'on a de
la peine à reconnoistre les traits
du pinceau: ou s'il m'est permis de me servir d'une compa-
raison plus sensible, il ressemble à ces chirurgiens qui sai-
gnent proprement, & avec a-
dresse, mais qui n'enfoncent
pas la lancette, & qui n'ouvrent
pas assez la veine; de sorte qu'au
lieu du sang corrompu qui sor-
tiroit par une ouverture raison-
nable, il ne sort que le sang le
plus pur & le plus subtil : c'est-
à-dire, pour parler sans méta-
phore, qu'en quelques occa-

B

fions l'Auteur des DIALO-
GUES découvre plus ce qu'une
penſée a de vif & de brillant
que ce qu'elle a de faux & de
vicieux.

Une perſonne de la compa-
gnie, MADAME, interrom-
pit celuy qui parloit, & dit en
riant, que l'Auteur n'enfon-
çoit quelquefois que trop la
lancette, & que ſi on en croyoit
certaines gens, on ne loüëroit
ni ſon honneſteté, ni ſa retenuë. Mais le Philoſophe reprit
la parole, & continuant ſur le
meſme ton : Eudoxe, dît-il, devoit nous donner une autre
notion de la penſée que celle
qu'en donne la Dialectique ordinaire ; & je m'étonne qu'au-
lieu de nous expliquer ce que
l'on conçoit, ou du moins ce
que l'on doit concevoir, en di-

sant qu'un ouvrage d'esprit se
soûtient plus par la pensée que
par l'expression, il se contente de dire avec les simples Lo-
giciens, que la pensée est une
image que l'esprit forme en luy-
mesme.

Il ne devoit pas manquer du
moins en parlant des ouvrages
d'esprit, de donner une idée
nette de l'esprit mesme : il devoit le définir de la maniére
que Platon définit le Beau, sans
nous renvoyer, comme il fait
dans son Avertissement, au bon
sens qui brille des ENTRE-
TIENS d'Ariste & d'Euge-
ne ; car ce n'est qu'une imagination jolie, & non pas une
définition éxacte, telle qu'il
faut pour faire entendre la différence des pensées ingénieuses d'avec celles qui ne le font

pas, & pour diſtinguer les divers degrez ou les divers genres du bel eſprit, dont le ſeul titre de l'ouvrage ſembloit nous promettre le ſyſteme.

Au reſte, pourſuivit le Philoſophe, la nature du dialogue qui doit s'éloigner de la méthode de l'école, ne devoit pas empeſcher Eudoxe de propoſer d'abord le plan, & le deſſein général de ſon ouvrage, en expoſant par une diſtribution juſte & naturelle toutes les qualitez d'une penſée ingénieuſe. Comme le paſſage de Cicéron, ajoûta-t-il, fait le ſujet de tout le livre, & que chaque mot eſt la matiére d'un dialogue, il auroit eſté à propos de marquer un peu davantage cette diviſion : car on commence par la vérité des penſées, ſans

que le Lecteur puisse deviner
si on parlera des trois autres
qualitez ; & il est inutile de
dire que la conversation n'est
pas si méthodique. Ces sortes
de conversations écrites & faites exprés, demandent plus
d'ordre & plus d'art que de
simples entretiens familiers. A
la vérité la méthode ne doit
pas y estre si marquée ni si vi-
sible, que dans un discours
de Physique ou de Morale ;
mais elle doit y estre, & se faire
sentir d'une maniére au moins
imperceptible, en sorte que l'esprit du Lecteur sçache où il
va, sans y faire trop de réfléxion.

Je voudrois encore qu'Eu-
doxe nous eust expliqué davantage ce que c'est que le
vray & le faux dans la pensée,

& sur tout qu'il n'euſt pas con-
fondu la vérité propre des ouvrages d'eſprit avec celle de
l'école, qui n'a rien que de ſec,
de dur, & de décharné, & qui
eſt plûtoſt un ſquelette de vérité, que la vérité meſme. Ne
devoit-il pas faire un effort
pour les démeſler, & nous dire au moins, que ſi toute vérité eſt une eſpéce de lumiére,
celle dont il eſt queſtion a un
éclat plus vif, qui rend brillan-
tes les choſes ſur leſquelles elle
ſe répand, & qu'elle reſſemble
à ces lunettes qui augmentent
la beauté des objets, en ne les
faiſant voir que par leur plus
bel endroit.

Il pouvoit auſſi creuſer un
peu plus le ſublime, en le dé-
finiſſant, & en l'expliquant autrement que par les notions

générales, ou par les divers é-
xemples qu'il en donne. Il a crû
peut-eſtre que le Traité de Lon-
gin nous ſuffiſoit, depuis qu'une
excellente Traduction l'a mis
dans un ſi beau jour : mais il
nous auroit fait plaiſir d'y ajouſ-
ter quelques nouveaux traits.
On diroit qu'il a réſervé toute
ſa penetration, tous ſes ſoins
pour la délicateſſe & pour l'a-
grément, comme pour ſes deux
qualitez favorites. A la vérité
il s'y attache beaucoup, & il
les démeſle aſſez bien : il ne
laiſſe pas de confondre la ſub-
tilité avec la délicateſſe, quoy-
que l'une ſoit, à mon avis, fort
différente de l'autre. Le Docteur ſubtil n'eſt point accu-
ſé de délicateſſe par ſes ennemis, & je n'ay pas oüi dire que
les vaines ſubtilitez de l'école

B iiij

fuſſent ce que nous entendons par délicateſſe d'eſprit.

Mais c'eſt trop m'arreſter, continua-t-il, ſur ce qui regarde le fonds du ſujet. De la maniére dont les deux perſonnages qui paroiſſent ſur la ſcene ſoûtiennent leur caractére, il ſemble que l'Auteur ait manqué contre les régles eſſentielles du dialogue. Les deux portraits qu'il fait d'abord ne ſont pas mal touchez : le bon ſens qu'Eudoxe prend ſous ſa protection, & le brillant dont Philanthe eſt ébloûi, font des caractéres aſſez différens. Mais les loix du dialogue, qui ſont du moins auſſi rigoureuſes que celles du théatre, veulent que ceux qu'on fait parler, joûent leur rôlle juſqu'à la fin du diſcours.

Néanmoins Philanthe, tout entefté qu'on le dépeint, fe rend auffitoft : il eft de trop bonne compofition ; pour un hérétique en matiére de bon gouft, il fe laiffe trop aifément convertir ; & contre l'ordinaire des gens enteftez, il n'eft pas affez ferme dans le parti qu'il a une fois pris.

Il eft vray que comme il fait aifément fon abjuration du brillant & des pointes, il reffemble un peu à ces nouveaux convertis, qui reprennent leurs premiéres erreurs au premier mot qui leur en rappelle les idées.

Eudoxe au contraire, que l'on fuppofe modefte & poli, oublie quelquefois fa modeftie & fa politeffe. Il femble ne citer Ariftote, Demetrius Phalereus, Denis d'Halicarnasse, que pour faire voir qu'il les a leûs : & ces grands noms qu'il mesle dans la conversation assez inutilement, ont un petit air de pédanterie, qui ne convient guéres à un honneste homme. D'ailleurs il dogmatise impérieusement, & veut trop estre crû sur sa parole. Sans établir de principes, il tire souvent des conclusions, qu'il prétend qu'on reçoive comme des véritez constantes. A l'obscurité prés, il se donne des airs d'oracle : il prend par tout un ton décisif, & ne ménage point les entestemens de Philanthe ; si bien que le pauvre Philanthe ne vient presque sur la scene que pour servir de matiére aux railleries & aux insultes d'Eudoxe. Platon ne seroit pas tom-

bé dans des fautes fi vifibles.
Son Eudoxe n'auroit pas tant
fait le docteur : fon Philanthe
auroit efté opiniaftre jufqu'à la
fin, & plus chicaneur, plus in-
traitable qu'un Logicien Hi-
bernois. Ce grand maiftre du
dialogue euft balancé les intérefts des deux partis, & mis
du cofté des pointes le génie
des nations entiéres polies &
fenfées, pour l'oppofer au gouft
d'un fiécle qu'Eudoxe nom-
me le fiécle de la politeffe &
du bon fens.

Mais pour achever de vous
dire tout ce que je penfe fur
les DIALOGUES d'Eudoxe
& de Philanthe, ils fentent trop
le difcours familier & ces con-
verfations libres, où fans cher-
cher de liaifon naturelle dans
les matiéres, on mefle tout ce

qui vient en l'eſprit; & à l'oc-
ſion d'un ſujet qui ſe préſente,
on en entame un autre qui n'y
tient guéres que par la queuë,
s'il m'eſt permis de m'expliquer de la ſorte. Par éxemple,
ſi le hazard fournit quelque
penſée noble ſur les conqueſ-
tes d'Aléxandre, ou ſur celles
de LOUÏS LE GRAND,
il faut dire tout ce qu'on ſçait
ſur ces deux Héros. Si une belle penſée a eſté dérobée aux Anciens, il faut épuiſer le chapitre
du pillage, & mettre à la queſtion tous les voleurs du Parnaſ-
ſe, comme ſi ces ſortes de lar-
cins eſtoient défendus quand
ils ſe font avec adreſſe, & que
Mercure qui eſt le Dieu des
larrons, ne fuſt pas auſſi le Dieu
des ſçavans.

Enfin, je ne trouve pas que le

ſtile ſoit aſſez diverſifié. Quoy-
qu'il y ait une étrange variété
de langues que les Italiens ne
manqueroient pas d'appeller,
*una frittata, una inſalata d'herbe
d'ogni ſorte;* il y a néanmoins
une eſpéce d'uniformité qui regne d'un bout à l'autre. Eſt-il
permis à un Auteur de faire
parler ſon langage à toute ſorte
de gens? Eudoxe & Philanthe
s'expriment comme Ariſte &
Eugene. Philanthe aimant les
fleurs, pourquoy n'a-t-il pas
un ſtile fleuri? Que ne dit-il
de jolies choſes? Il parle tout
comme Eudoxe. Ajax & Uliſſe
ne prennent pas le meſme ton
dans les deux harangues qu'O-
vide leur fait faire pour avoir
les armes d'Achille; & ſi Sal-
luſte fait parler Céſar & Caton dans le meſme ſtile, c'eſt

un défaut qu'on luy a repro-
ché, & que le Nani des Véni-
tiens a imité parfaitement, en
faifant haranguer tous fes Sé-
nateurs de la mefme forte.

Celuy qui entretenoit la compagnie n'eût pas plûtoft ceffé
de parler, MADAME, qu'un
vieux Cartéfien luy adreffant
la parole, La conduite de l'Auteur, dît-il, me femble auffi
furprenante que celle de l'ouvrage vous paroift irréguliére.
Son Eudoxe n'épargne perfon-
ne ; & de trés-honneftes gens
fe plaignent d'avoir efté peu
ménagez. Pourquoy fe faire des
ennemis de gayeté de cœur ? Je
ne voy pas, repliqua brufque-
ment un jeune Philofophe dif-
ciple de Gaffendi & de Bernier,
quel fujet on a de fe plaindre
d'avoir efté critiqué : l'Auteur

ne cenſure que des Ecrivains
célébres ; & les cenſurer comme il fait, c'eſt augmenter la
réputation & le prix de leurs
ouvrages : c'eſt leur faire honneur en quelque façon que de
les croire dignes de critique. Il
feroit ridicule de n'éxaminer
que des livres qu'on ne con-
noiſt pas dans le monde, ou
qu'on y mépriſe. D'ailleurs les
gens qui ſe plaignent ſont bien
délicats de vouloir eſtre mieux
traitez que Virgile, Cicéron,
Sénéque, Pline, Quintilien,
Tacite, qui n'échapent pas à
la cenſure d'Eudoxe, quand il
croit avoir raiſon de les reprendre. Que dis-je, l'Auteur eſt de
ſi bonne foy & ſi deſintéreſſé,
qu'il n'a nuls égards pour des
Ecrivains de ſa profeſſion & de
ſon parti. Les Mariana, les Stra-

da, les Juglaris, les Gracians, les Pallavicins luy sont étrangers, & deviennent ses ennemis dés qu'ils ne pensent pas à son gré. Les autres ont-ils droit d'estre distinguez? Ils devroient du moins sçavoir gré à l'Auteur, de n'avoir pas poussé sa critique jusqu'où elle pouvoit aller, s'il se fust donné la peine de lire exactement leurs ouvrages.

Toute la compagnie fut pour le jeune Philosophe à la réserve du vieux Cartésien, & ses raisons semblerent si bonnes qu'on jugea à propos de se réjoüïr un peu des Ecrivains mal contens. Le Singe de Tacite & le Copiste de Pascal ne furent pas oubliez.

Voilà, MADAME, ce qui a esté remarqué en général sur

les DIALOGUES d'Eudóxe &
de Philanthe ; je vous diray
une autre fois les réfléxions
particuliéres, qui ont esté faites sur les divers endroits que
l'Auteur critique. Cependant
je suis, &c.

# Madame,

Les admirateurs de Lucain qui font en affez grand nombre, car il y a bien des Phi-lanthes dans le monde, fe mo-quent d'Eudoxe qui commen-ce fa critique par condamner de fauffeté & d'impiété la pen-fée fameufe où le Poëte com-met Caton avec les Dieux,

*Victrix causa Deis placuit, sed*
  *victa Catoni.*

Les uns disent que la Religion payenne ne doit pas estre
considérée sur le pied de la nostre, & que les Anciens ne fai-
soient pas de scrupule d'éle-
ver leur Sage audessus de leurs
Dieux, dont les foiblesses & les
folies estoient si connuës. Les
autres soûtiennent que sans cela la pensée a un sens trés-
naturel & trés-vray, nullement
impie; mais qu'il faut prendre
ce qui précéde, ce qu'on ne
fait pas d'ordinaire.

  *Quis justiùs induit arma,*
*Scire nefas.*

On ne peut dire lequel des
deux partis prit les armes avec
plus de justice. Car si les Dieux
en donnant la victoire à César
ont justifié ceux qui l'ont sui-

vi; ceux qui fuivirent Pompée voyant Caton de ce cofté -là, avoient fujet de croire que la juftice eftoit du cofté de Pompée. Il y auroit de l'impiété fi le Poéte difoit: quoy - que les Dieux fuffent pour Céfar, Caton feul rend jufte le parti de Pompée, & injufte celuy de Cefar.

Selon quelques-uns, le deffein du Poéte à efté d'imprimer une grande idée de la vertu de Caton: il falloit pour cela l'attacher au parti jufte & malheureux, en l'oppofant au parti injufte, mais victorieux & favorifé des Dieux mefmes. Il faut, difent-ils, juger de ces penfées par l'effet qu'elles produifent dans l'efprit, & par les fentimens qu'elles infpirent. Il faut des traits forts & hardis pour exprimer des vertus héroïques & extraordinaires ; les hommes ne deviennent héros, qu'en paſſant un peu la nature, & en s'élevant audeſſus de l'ordre des choſes humaines ; on affoibliroit ces penſées, ſi on y mettoit tant de juſteſſe. L'éxactitude, au jugement de Saint Evremont, eſt ennemie de la grandeur, comme il ſe voit dans la peinture & dans l'écriture ; mais la hardieſſe du trait en ſupplée le defaut, & certaines piéces paroiſſent plus belles de la ſorte, que ſi elles eſtoient plus réguliéres.

Au reſte, MADAME, un des premiers hommes du Royaume, qui joint au ſublime de l'éloquence toute la ſcience des loix, & dont l'eſprit eſt fertile en expédiens ſur toute ſorte d'af-

faires, a trouvé le moyen de réctifier la penſée de Lucain, juſqu'à la faire eſtimer d'Eudoxe
meſme. C'eſt en la détournant
du ſens propre, & en l'appli-
quant à une cauſe injuſte dans
le fonds, qui eſtant ſoûtenuë
de tout le crédit des Grands
du monde, ou pour parler fi-
gurément des Dieux de la terre, feroit gagnée contre l'avis
d'un ſeul juge auſſi équitable
& auſſi incorruptible que Caton. Car on pourroit dire alors
en quelque façon :

*Victrix cauſa Deis placuit, ſed
victa Catoni.*

Mais Eudoxe ſemble encore
trop ſcrupuleux à un des ado-
rateurs de Lucain, dans l'endroit où ce Poéte dit au ſujet
des malheurs de la guerre civi-
le : Si les deſtins n'ont point

trouvé d'autre voye pour met- «
tre un jour Néron sur le trô- »
ne, Puissances célestes, nous «
ne nous plaignons de rien, les »
crimes mesmes plaisent à ce «
prix.

*Scelera ipsa, nefasque*
*Hac mercede placent.*

Car les crimes dont il s'agit,
ne sont que les desordres, les
violences, & les batailles san-
glantes que la coustume autori-
se parmi les peuples, que l'inten-
tion réctifie quelquefois dans
les Princes, & dont les suites
peuvent estre bonnes & heu-
reuses pour tout le monde.

Le Tasse, MADAME, a icy
bien des partisans qui le dé-
fendent avec chaleur contre la
critique d'Eudoxe. Elle leur
paroist trop rigoureuse au regard de ce vers :

*Minacciava morendo e non lan-*
*guia.*

Et le sentiment de Philanthe leur semble fort juste. C'est un portrait sensible & fidelle d'un Héros barbare & farouche, qui conserve son caractére en mourant. *E non languia* n'exprime que la fierté, que la force de son ame ; & n'a nul rapport à la langueur de son corps.

L'Auteur des DIALOGUES est encore trop sévére à leur gré, lors qu'il condamne d'affectation la pensée du Poéte Italien au sujet de Sophronie dont la beauté éclata malgré sa retraite : que l'amour tantost aveugle, tantost clairvoyant se couvre en quelques rencontres les yeux d'un bandeau ; les ouvre en d'autres, les tourne, & les jette de tous costez.

*Amor*

*Amor c'hor cieco, hor argo: hora ce veli*
*Di benda gli occhi, hora ce gli apri e giri.*

Ils prétendent que cela exprime la chose agréablement, & mesme assez naturellement. Ils ne peuvent non plus approuver la censure de ces vers du mesme Poéte:

*Amor nascente hà corte l'ale; à pena*
*Può tenerle, e non le spiega à volo.*
*Pur non s'accorge l'huom quand egli nasce;*
*E quando huom se n'accorge, è grande e vola.*

Y a-t-il rien de plus jolîment imaginé, disent-ils, que l'Amour naissant qui ne peut voler avec des aisles trop foibles & trop courtes; en sorte qu'on n'y prend pas garde, & qu'on
C

le néglige, fans penfer qu'un jour fes aifles feront plus gran-des, & qu'il deviendra fi fort qu'on ne pourra le retenir?

Les amateurs du Taffe ne font pas non plus pour Eudoxe qui loüë de trop d'efprit ces deux vers fur les graveûres de la por-te du Palais d'Armide, & qui femble s'en moquer.

*Manca il parlar, di vivo altro*
*non chiedi:*
*Ne manca quefto ancor, s'à gli*
*occhi credi.*

Si on les écoute, rien n'eft plus beau, & ne donne une plus grande idée de la perféction de ces figures gravées, que de dire qu'il ne leur manque que la parole, & que mefme elle ne leur manque pas, fi on en croit fes yeux.

Ceux qui aiment plus la vé-

rité que le Tasse s'étonnent,
MADAME, que l'Auteur se
contente de citer ces vers :
*Muoiono le città, muoiono i re-*
*gni*
*E l'huom d'esser mortal par che si*
*sdegni.*
Qu'il se contente, dis-je, de
les citer, & de dire que la pensée est prise dans la Lettre de
l'ami de Cicéron, sans ajoûter qu'elle est fausse. Car qu'y
a-t-il de plus faux, disent-ils,
que l'homme se plaigne & se
fasche de mourir, puis que les
grandes Villes, & les grands
Royaumes meurent? comme si
les Villes & les Royaumes n'estoient pas l'ouvrage de ses
mains, & par conséquent moins
nobles que luy? Quand il verroit périr le soleil & tous les
globes célestes, il n'auroit pas

pour cela sujet de se consoler de sa mort, estant luy - mesme quelque chose de plus précieux que tout ce qu'il y a de beau dans ce monde. Mais les partisans du Poéte Italien raisonnent tout autrement, & sans y penser justifient Eudoxe, qui n'a pas condamné de fausseté la pensée du Tasse sur la décadence des Empires, non plus que celle de l'ami de Cicéron sur les ruines des plus florissantes villes de la Gréce. Car pour soûtenir ces pensées, ils regardent l'homme non du costé de sa noblesse, opposée à tous les ouvrages de la nature ou de l'art ; mais du costé de sa foiblesse par rapport aux matiéres les plus dures & les plus solides. Et voicy le raisonnement qu'ils font. Les pierres

qui compofent les édifices des
Villes font confumées par le
feu ou par le temps. Le bron-
ze & le marbre qui ornent les
Palais des Princes ne réfiftent
pas aux injures de l'air; tout
cela périt peu à peu : & l'homme qui a un corps fi foible &
fi délicat, femble fe fafcher
d'eftre fujet à la mort. C'eft,
ajoûtent-ils, comme fi un vafe
de criftal fe plaignoit d'eftre
fujet à fe caffer, quand les
vafes de fer fe brifent. Il eft
plus précieux à la vérité, mais
en mefme temps il eft plus fra-
gile.

Ces beaux efprits, qui ne font
pas toûjours fi raifonnables, &
qui font plus Italiens que François, n'ont pas moins de zele
pour le Guarini que pour le
Taffe. Il ne leur paroift point

d'affectation dans la penſée ſur Encelade qui lance des feux de colére & d'indignation contre le ciel, ſans qu'on ſçache s'il eſt foudroyé, ou s'il foudroye.

*Non ſò ſe fulminato, ò fulminante.*

Car ſi le Géant foudroyé vomit des flammes, pourquoy ne pas dire que la rage les luy fait vomir, & qu'il relance contre le ciel les foudres dont Jupiter l'a frappé ? C'eſt ainſi qu'ils tournent, & qu'ils entendent la penſée du Poéte : & c'eſt ce tour, ce ſens qu'ils y donnent qui leur y fait voir non ſeulement du ſublime & du merveilleux, mais quelque choſe de fort naturel.

Pour venir à nos plus célébres Ecrivains que l'Auteur

des Dialogues n'épargne
pas, les vieux courtisans ne peuvent souffrir que son Eudoxe
maltraite Balzac qui a esté de
leurs amis, & à qui nostre langue est redevable de ses prin-
cipales beautez. Il pouvoit, dit-
on, faire honneur à Voiture,
puis qu'il en faisoit son héros,
sans faire tort à Balzac, qui
a esté en un temps le héros de
Voiture mesme. Ce n'est pas,
Madame, que tout le mon-
de ne convienne que l'un est
plus délicat & plus naturel que
l'autre : mais bien des gens
trouvent Balzac plus fort &
plus élevé pour la pensée, sans
parler de son stile qui est plus
correct & plus régulier, comme l'Auteur des Dialogues
l'avoûë luy-mesme. L'injustice
qu'on luy reproche, c'est d'a-
C iiij

voir choisi de méchantes choses dans les Oeuvres de Balzac,
où il y en a tant de bonnes;
& ceux qui prennent intéreſt
à ce fameux Ecrivain, diſent
que ſi on éxaminoit à la rigueur
les Lettres de Voiture, on y
trouveroit bien de l'affectation,
& du faux. Au reſte, ſi Eudoxe
renvoye à Phyllarque ſur le ſujet de Balzac, ils le renvoyent
à Girac ſur le ſujet de Voiture; & ils ajouſtent que ſi Girac vivoit, l'Auteur des DIA-
LOGUES auroit à crain-
dre la deſtinée de Coſtar : mais
que peut-eſtre il s'élevera quelque Girac nouveau, qui animé
mé de l'eſprit, & de toute la
bile du premier, entreprendra
de venger Balzac aux dépens
de Voiture & de ſon admira-
teur.

L'Abbé de Cérify ne manque
pas non plus d'amis à la Cour,
qui aprés fa mort prennent
généreufement fes intérefts ; &
vous ne fçauriez croire, MA-
DAME, combien fa *Métamor-
phofe des yeux de Philis chan-
gez en aftres* a de protecteurs.
Monfieur le Marquis * * *
qui a de l'efprit, & qui écrit
jolîment, comme vous fça-
vez, s'échauffa fort l'autre jour
dans une compagnie où j'ef-
tois, pour fauver le commencement de ce petit poëme fi ingé-
nieux :

*Beaux ennemis du jour, dont les*
    *feuillages fombres*
*Confervent le repos, le filence &*
    *les ombres.*

Je ne voy pas, difoit-il, ce
qu'il y a de mauvais dans
*Beaux ennemis du jour.* Cela

peint vivement une foreſt ſom-
bre où les rayons du ſoleil
n'entrent point. Les vers ſui-
vans, qui repréſentent des ar-
bres d'une hauteur extraordi-
naire ne me plaiſent gueres
moins.

*Vieux enfans de la terre, agréa-*
   *bles Titans,*
*Qui juſques dans le ciel ſans*
   *crainte du tonnerre,*
*Allez faire au ſoleil une inno-*
   *cente guerre.*

Car il n'eſt pas vray dans l'i-
dée que le Poéte donne de ces
grands cheſnes, qu'ils en ſoyent
plus expoſez au tonnerre : il
les imagine bien audeſſus des
lieux où ſe forme le tonnerre;
& ils n'ont garde de le craindre; puis qu'ils vont faire la
guerre au ſoleil.

Il en eſt ainſi des autres vers

que l'Auteur des DIALOGUES
condamne. Cette peinture des
poissons qui semblent voler, &
des oiseaux qui paroissent na-
ger, forme dans l'esprit une
image trés-agréable & trés-
juste. La description de la fon-
taine est du mesme caractére, &
Eudoxe la censure mal-à-pro-
pos. Il ne songe pas que presque toutes les beautez de la
poésie ressemblent à celles-là;
qu'il suffit que le bon sens n'y
soit pas blessé sensiblement ;
qu'elles seroient souvent insi-
pides, si elles estoient plus simples ; & qu'enfin c'est le vray
caractére de ce langage des
Dieux d'estre libre & un peu
hardi.

Voilà, MADAME, le senti-
ment du défenseur de la *Mé-
tamorphose des yeux de Philis :* il
C vj

ne fut pas approuvé de tout
le monde, & plufieurs de la
compagnie s'en tinrent à celuy d'Eudoxe : mais auffi tous
prefque furent contre l'apolo-
gie que fait Eudoxe de la comparaifon de Saint Ignace & de
Céfar ; de Saint Xavier & d'A-
léxandre. Il y en eût mefme un
qui élevant la voix plus haut
que les autres, J'ay de la peine à fouffrir, dit-il, que l'Auteur cite férieufement la comparaifon que feu M. le Prince
fit des deux Saints & des deux
Héros. Je fuis bien trompé,
ajoûta-t-il, fi ce grand Prince
qui railloit quelquefois fort a-
gréablement, ne voulut rire
en cette rencontre. Car de bonne foy peut-on faire ce paral-
lele de fang froid ? Quel rapport de Saint Ignace guerrier

à Jules Céſar conquérant? du
ſage fondateur d'une Société Religieuſe qui n'a en veûë
que la gloire de Dieu, & que
le ſalut des ames, à un Héros
qui n'avoit point d'autre but
dans tous ſes deſſeins que ſa
propre gloire, & qui ruina la
République Romaine pour aſ-
ſouvir ſon ambition demeſu-
rée? Parce que Saint François
Xavier a conquis par ſes tra-
vaux apoſtoliques une partie
des Indes pour le Royaume de
Jesus-Christ, eſt-ce une
raiſon de le comparer à Aléxandre l'un des plus grands
hommes de la terre à la vérité, mais le plus violent uſur-
pateur qui fut jamais; de l'y
comparer, dis-je, à cauſe que
ce Héros conquit auſſi les Indes par ſes armes, & qu'ils a-

voient tous deux chacun en leur genre une ardeur qui les emportoit quelquefois :

Je vous avoûë, MADAME, que ces raisonnemens ne me parurent pas invincibles. S'ils estoient bons, les meilleures comparaisons seroient vicieuses : car en comparant, par éxemple, LOUÏS LE GRAND à César dans le passage du Rhin, & à Aléxandre dans la rapidité de ses conquestes, comme font nos Poëtes & nos Orateurs, ne pourroit-on pas dire : Quel rapport d'un Monarque équitable & religieux à un Héros injuste & impie qui viole toutes les loix divines & humaines pour regner ? Parce que le Roy à conquis la Franche-Comté en huit jours, & que la prise de plusieurs vil-

les ne luy a coufté que la peine d'y aller, eft-ce une raifon
de le comparer à Aléxandre le
plus violent ufurpateur qui fut
jamais, & l'homme du monde
le plus emporté? On pourroit
dire cela, MADAME, mais
on raifonneroit mal en le di-
fant. Toute comparaifon a, comme les perfpéctives, un point de
veüë auquel il faut fe tenir;
ou plûtoft ce n'eft que par une
face, & par un endroit qu'on
doit regarder les chofes qui fe
comparent. Quand Homére
dit qu'Achille s'élance comme
un lion, il n'a eû en veüë que
la vîteffe, que le courage &
d'Achille & du lion : c'eft-là le
fondement de la comparaifon.
Et qui diroit, quel rapport d'un
Héros raifonnable & humain
à une befte féroce armée de

dents & de griffes, ne diroit rien qui vaille. Ce n'eſt pas de ce coſté-là que la choſe ſe doit prendre ; & ſi on enviſageoit toutes les faces à la fois du ſujet qui fonde la comparaiſon, il n'y auroit pas une deviſe qui ne fuſt mauvaiſe. Le corps le plus noble tel qu'eſt le ſoleil, a des endroits deſavantageux ; mais ce n'eſt pas à ces endroits-là qu'on s'attache dans les deviſes héroïques, qui ne ſont que de belles comparaiſons ; & quand on compare au ſoleil un Monarque juſte, puiſſant, victorieux, on ne regarde nullement le ſoleil du coſté de ſes taches & de ſes éclipſes.

Ainſi, MADAME, le feu Prince de Condé n'a pas comparé Saint Ignace à Céſar en

nemi des loix, & de la liberté ;
ni Saint Xavier à Aléxandre
cruel & yvrogne ; mais à Céfar qui ne fait rien fans de bonnes raifons, & à Aléxandre que
fon courage emporte quelquefois. Comme ce grand Prince avoit l'efprit plein de ces
deux Héros, il a pû recon-
noiftre quelque chofe de leur
caractére dans les deux Saints
dont il venoit de lire les Vies,
& l'Auteur des DIALOGUES
a pû citer la comparaifon :
mais, à mon avis, il pouvoit fe
difpenfer de la faire tant va-
loir, & de la juftifier felon les
régles d'Ariftote. Car quoy-
que le Prince n'ait pas voulu
apparemment fe moquer, il n'a
pas peut-eftre parlé le plus férieufement du monde.

Au refte, MADAME, le

principe que je viens de vous dire touchant les comparaifons eft caufe fans doute que malgré la critique d'Eudoxe, des perfonnes de bon gouft approuvent la penfée du Cardinal Pallavicin fur des matiéres féches d'elles-mefmes, & traitées agréablement. Sa penfée eft que ces matiéres égayées & embellies par l'habileté de l'Auteur dont il parle, ont quelque chofe de plus furprenant que ces jardins délicieux qui paroiffent tout-à-coup fur des rochers & dans des deferts par les enchantemens des Magiciens : il n'y a rien là de faux abfolument, car on ne doit prendre la comparaifon que par l'endroit du merveilleux, fans avoir égard au réel. Or il paroift auffi merveilleux, & mef-

me plus, de voir des sujets durs
& épineux traitez avec tant de
politeſſe, & d'une maniére ſi
fleurie, que de voir des jardins
parfaitement beaux dans des
lieux affreux & ſauvages. On
dit qu'une choſe eſt enchantée
& charmante pour dire qu'elle
eſt extrémement belle ; & cela ne ſignifie nullemnet qu'il
n'y ait que de l'apparence &
de l'illuſion.

Ce qui paroiſt de plus rude
dans la critique, c'eſt qu'Eudoxe & Philanthe qui ſont preſque toûjours oppoſez, s'accor-
dent enſemble pour inſulter au
Cardinal Pallavicin. Encore ſi
Philanthe prenoit un peu ſon
parti, ce ne ſeroit qu'une demi - critique : mais de la maniére dont ils ſe déchaiſnent
tous deux, c'eſt une cenſure

complette, &, si je l'ose dire, une conjuration formée.

J'ay veû des gens d'honneur, MADAME, un peu scandalisez de ce qu'on dit dans les DIALOGUES, que l'ambition avoit gasté le jugement à nostre Charles IX. qui aimoit mieux mourir Roy que de vivre prisonnier; & de ce qu'on y approuve le sentiment d'un de nos Ecrivains, qui dit qu'il n'y a point de Roy mourant qui ne voulust estre le dernier de ses sujets. Effectivement, un homme de cœur aime mieux une mort glorieuse que la prison; & il n'y a que la lascheté, ou le desespoir qui puisse faire souhaiter à un Roy d'estre le dernier de tous ses sujets : si ce n'est que l'humilité Chrestienne, ou la crainte des jugemens de Dieu, plus formidables aux grands qu'aux petits, ne leur inspire ces pensées. En un mot, il faut avoir l'ame basse pour s'accommoder jamais d'une condition servile quand on est né sur le trône; & Eudoxe qui a par tout des sentimens nobles, s'est oublié en cette rencontre, ou a trop écouté la nature dont l'inclination va plus à vivre qu'à regner.

Ces deux vers de l'Auteur du Poëme de Saint Loüis :

*Il visite le temple où regnent ses*
    *ayeux*
*Dans leurs tombeaux encor du*
    *temps victorieux.*

Ces deux vers, dis-je, ne déplaisent pas à un bel esprit de ma connoissance, & selon luy, la critique d'Eudoxe est trop forte, par la raison qu'on dit

tous les jours que les hommes
furvivent à eux - mefmes dans
leurs ouvrages, & qu'on peut
dire que les Rois regnent en
quelque façon dans leurs mau-
folées, qui confervent avec les
marques de leur dignité Royale la mémoire de leurs belles
actions.

Le mefme bel efprit prétend
en faveur du mefme Poéte que
*ces tombeaux font tombez*, n'eft
point un jeu recherché, que
ce jeu fe préfente de foy-mef-
me, & que le hazard y a plus
de part que l'affectation.

C'eft encore à fon gré trop
rafiner que de croire la penfée
fuivante prife de Boëce :

*Et ces fuperbes Rois*
*Sous leur chute font morts une*
*feconde fois.*

Comme fi ces penfées eftant

aſſez naturelles , ne venoient
pas à tout le monde, quand on
a un peu d'eſprit. Il a encore
une délicateſſe ſur le jugement
que fait Eudoxe de la dernié-
re penſée des quatre vers qui
ſont citez aprés au ſujet des
baſtimens ruinez où eſtoient les
Statuës d'Abel & de Caïn :

*Là le frere innocent , & le frere*
    *aſſaſſin*
*Egalement caſſez , ont une égale*
    *fin :*
*Le temps qu'aucun reſpect, qu'au-*
    *cun devoir ne bride ,*
*A fait de tous les deux un ſecond*
    *homicide.*

J'aime mieux , dit Eudoxe, la
*ſeconde vie* d'un enfant ſauvé
du naufrage ſur le corps de ſon
pere mort, que le *ſecond ho-*
*micide* des deux freres. Le dé-
fenſeur du Saint Loüis dit là-

deſſus, que comme la penſée du Poéte eſt belle, il ne voudroit pas dire ſéchement, *j'aime mieux*, qui ſemble la rebuter; & qu'il ajoûteroit du moins *encore*, ou *pourtant*, qui eſtant une marque de préférence n'en eſt pas une de mépris.

Les gens à antitheſes & à pointes ne comprennent pas pourquoy Eudoxe condamne abſolument la penſée de Sénéque le Tragique ſur la mort de Priam. *Ce pere de tant de Rois n'a point de ſépulcre, & manque de bucher tandis que Troye bruſle*, ou pour rendre mot à mot le latin, *manque de flamme*:

> *Et flamma indiget*
> *Ardente Troja.*

Ils ſoûtiennent que cela vient naturellement à la veüë de Troye

Troye embrasée ; & que s'il y a quelque chose à redire, c'est qu'Hécube parle avec trop d'esprit pour une personne accablée de douleur.

Ils approuvent aussi ce que dit Florus de ces braves soldats Romains qu'on trouva morts sur leurs ennemis aprés la bataille de Tarente avec l'épée encore à la main, & je ne sçay quel air menaçant sur le visage ; que la colére qui les animoit lors qu'ils combattoient, vivoit dans la mort mesme. *Et in ipsa morte ira vivebat.* Ils disent que c'est un Historien qui parle de sang froid, & à qui il est permis d'avoir plus d'esprit qu'à une personne qui seroit dans la passion, & ils s'étonnent qu'on blasme là une colére qui vit dans la

mort mesme, aprés qu'on a loûé
un courage qui survit presque
aux Héros,

> *Animoque supersunt*
> *Jam prope post animam.*

& qu'on ne trouve rien à redire au jeu de ces deux mots
qui se ressemblent si fort. D'ailleurs, si on les en croit, Tite-
Live avec toute sa retenuë
qu'Eudoxe loûë tant, a des pensées aussi outrées que Florus.

Ils disent encore qu'on peut
fort bien soûtenir un endroit
de l'Epitaphe du Cardinal de
» Richelieu. Il a esté enterré par-
» mi des Docteurs, & il est un
» grand sujet de dispute. *Inter*
*Theologos situs : ingens disputan-*
*di argumentum.* Ce n'est pas-
là, selon eux, une fausse pointe ; parce que des Théologiens
voyant le tombeau de ce grand

Miniftre, peuvent raifonnable-
ment difputer fi fa conduite a
toûjours efté jufte & conforme à fon caractére d'Evefque
& de Cardinal.

Enfin ce que dit un Poéte
Latin d'Italie, que Rome, aprés
avoir vaincu tout le monde,
s'eft vaincuë elle-mefme, afin
qu'il n'y euft rien qu'elle n'euft
vaincu, ne leur paroift point
trop rafiné : ce feroit à leur jugement quelque chofe de beau
& de fort glorieux pour Rome d'avoir tout vaincu jufqu'à
elle-mefme, fi cela eftoit vray.
Ils ne trouvent rien de vicieux
dans la penfée, finon qu'elle eft
fauffe ; car ce furent les peuples du Nort qui vainquirent
Rome & qui la ruinérent.

Les gens de la Cour, MA-
DAME, s'intereffent moins à

ce Poéte de delà les monts
qu'à, noſtre Malherbe, que
l'Auteur des DIALOGUES
ménage aſſez peu ſur deux
endroits des *Larmes de Saint
Pierre*. Eudoxe ou Philanthe
devoit dire au moins que
ce Poëme n'eſt qu'une traduction du Tenſile; & que ſi
le Poéte François eſt blâma-
ble, c'eſt d'avoir copié un mé-
chant original. Auſſi ſe met-
toit-il en colére quand on luy
parloit des *Larmes de Saint Pierre*, & en avoit honte comme
d'un péché de ſa jeuneſſe.

Pour l'endroit de la Stance
ſpirituelle,

*Et dans ces grands tombeaux où
leurs ames hautaines*

*Font encore les vaines,*

la pluſpart des gens ſont du
ſentiment de Philanthe; &, à

leur avis, cela ne veut dire rien autre chose, sinon que la vanité de ces ames orgueilleuses paroist jusques dans la magnificence de leurs tombeaux.

Un des plus fidelles disciples de Saint Augustin se plaint fort de ce qu'Eudoxe traitte presque de visionnaire ce grand Docteur de la grace au sujet de son ami mort, parce que sa tendresse luy a fait dire : *J'ay senti que mon ame & la sienne n'estoient qu'une ame en deux corps ; & c'est pour cela que la vie m'estoit en horreur, parce que je ne voulois pas vivre de la moitié de moy-mesme. C'est pour cela aussi peut-estre que je craignois de mourir, de peur que celuy que j'avois beaucoup aimé ne mourust tout entier.* Par bonheur pour l'Auteur des DIALOGUES Saint Augustin

D iij

ſe condamne luy-meſme là-deſ-ſus dans le Livre des *Rétracta-tions* ; & la faute que l'Auteur a faitte, c'eſt de n'avoir pas fait dire à Eudoxe ce que dit Saint Auguſtin, qu'il luy ſemble avoir parlé en déclamateur frivole, plûtoſt qu'en homme ſérieux, quoy-que le *peut-eſtre* qu'il a ajoûté, tempére, & adouciſſe en quelque façon ce qu'il y a de peu raiſonnable dans ſa pen-ſée.

Il ne me reſte plus, MADA-ME, qu'à vous marquer trois ou quatre endroits que les Sça-vans ne trouvent pas réguliers, ni vrais dans le fonds ; avant que j'en vienne aux fautes qui regardent purement les lan-gues.

Ceux qui ne veulent point qu'on meſle la fable dans les

Quæ mi-bi quaſi declama-tio levis quàm gravis confeſſio videtur : quamvis utcun-que tem-perata ſit hæc ineptia in eo quod ad-ditum eſt, for-té.
Lib. 2. Retra-ctat.

Poëmes, & ceux mesmes qui n’en font pas de scrupule, trouvent du faux en ce que dit l’Auteur des DIALOGUES, que le systême de la poésie est de soy fabuleux & tout payen. Un sujet chrestien, disent-ils, peut estre la matiére d’un Poëme; & ce seroit pécher contre les régles de la Religion & contre celles du bon sens, que d’y employer des Divinitez payennes, comme a fait le Tasse. D’ailleurs les Pseaumes de David sont dans le genre de la plus haute poésie, quoy-qu’il n’y ait rien de profane ni de fabuleux. Je croy, MADAME, que ce n’est qu’une chicane. L’Auteur parle de la poésie des Anciens dont le systême roûle sur Apollon & sur les Muses; & toute la faute est

de ne s'estre pas expliqué assez
clairement.

Les personnes intelligentes &
exactes dans l'histoire ne s'ac-
commodent pas de l'endroit où
l'Auteur dit : *Y a-t-il de l'apparence qu'Auguste n'ait préféré
Tibére à Agrippa & à Germani-
nicus, que pour s'aquerir de la
gloire ?* On voudroit qu'il eust
dit *au jeune Agrippa*, qui estoit petit-fils d'Auguste, pour
oster la pensée du grand Agrippa son gendre.

On est surpris qu'en rappor-
tant l'Epitaphe de Madame de
Traves composée par Saint Ge-
lais, il n'ait ajoûté qu'elle est
imitée de celle de Themisto-
cle dans l'*Anthelogie*, & qu'en
bon généalogiste il n'ait fait
venir l'une de l'autre, luy qui
se plaist tant à rechercher l'o-

rigine, & à remonter jufques
aux fources des penfées ; qui
ne perd pas mefme d'occafion
de citer celles qui ont du rapport, & qui fe rencontrent fur
fon chemin. Vous avez veû
dans les Dialogues que le
fens de l'Epitaphe Françoife eft
que fi la Dame dont il s'agit
euft eû un tombeau digne d'elle, toute la terre luy euft fer-
vi de cercueïl, & le ciel de
chapelle ardente. Voicy à peu
prés le fens de l'Epitaphe Grec-
que : *Que toute la Grece me fer-
ve de fépulcre, & que Salamine
foit la colonne où l'on grave mes
exploits : un petit tombeau n'eft
pas digne d'un grand Capitaine.*

On croit que l'Auteur des
Dialogues ne devoit point
tant citer le *Poëme de la Mag-
deline*, mefme pour en rire ;

ni rapporter l'Epigramme de Patris, qui a quelque chose de bas & de trop burlesque.

On l'accuse d'avoir donné à l'Arioste ce vers du Berni,

*Andava combattendo, ed era morto,*

& d'avoir appliqué à un Héros ce que le Poéte ne dit que d'un insigne brigant.

On l'accuse encore d'avoir appellé *Phœbus* le cheval de Mézence, au lieu de l'appeller *Rhœbus* selon toutes les éditions de Virgile, à la réserve de celles de Pharnabe & du jeune Heinsius qui ne sont pas les plus correctes.

Enfin on luy reproche d'avoir désigné Sidonius Apollinaris par *un Poéte des derniers siécles;* & on prétend qu'il devoit ajoûter au moins *des derniers siécles de l'Empire,* de peur

que les lecteurs ne s'imaginent
que Sidonius vivoit il y a cent
ans. Ce ne sont-là, comme vous
voyez, que des bagatelles ; mais
je vous ay promis jusqu'aux mi-
nuties de la critique des D I A-
L O G U E S, & je veux vous tenir parole : vous sçaurez le reste par le premier ordinaire. Je
suis, &c.

# QUATRIÉME

# LETTRE.

# Madame,

Comme l'Auteur des Dyalogues se pare un peu de la connoissance des Langues, & que ses citations latines, espagnoles, italiennes font une partie de son Livre, les Sçavans n'ont pas manqué de l'éxaminer là-dessus, & leur critique a esté la plus sévére du monde.

Quoy - que vous faſſiez ſemblant, MADAME, de n'entendre pas le latin, & que vous vous en cachiez comme d'un crime, je ne feray nulle difficulté de vous rapporter les paſſages latins dont il s'agit, eſtant perſuadé que ce ne ſera pas de l'arabe, ni du bas-breton pour vous, & que vous en jugerez en perſonne intelligente, qui n'a nul beſoin du ſecours de nos Traducteurs pour lire Virgile & Horace.

Voicy donc ce que ces Doctes ont remarqué ſur les paſſages latins que cite l'Auteur; car il eſt juſte de commencer par la langue des anciens Romains, qui tient le premier rang dans les belles Lettres, & dont l'italien & l'eſpagnol auſſi - bien que le françois ſont dérivez.

La réfléxion de Strada au sujet de Barlemont & d'Aléxandre Farnefe ne leur paroiſt pas traduite éxactement. *Adeo non ex vano obſervatum*, dit l'Hiſtorien, *curæ eſſe Deo principum vitam, quaſi non magis cordi in homine quàm Imperatori in exercitu noviſſimum mori datum ſit.* „ Tant il eſt vray, dit le Tradu
„ cteur, qu'on n'a pas obſervé
„ en vain que Dieu a ſoin de la
„ vie des Princes, & qu'il n'eſt
„ pas moins donné à un Général
„ de mourir le dernier dans ſon
„ armée, qu'au cœur de mourir
„ le dernier dans l'homme.

Il falloit dire, pour rendre la Traduction éxacte, *comme s'il n'eſtoit pas moins donné, &c. quaſi non magis datum ſit.* Le *quaſi* adoucit un peu la penſée, quoyqu'il ne la réctifie pas abſolument.

Ils difent qu'un endroit du Panégyrique de Pline le Jeune eſt traduit foiblement faute d'avoir exprimé un mot. *Eſt quod Ceſar ſuum non videat, tandemque imperium principum quàm patrimonium majus eſt.* Ce *tandem* que l'Auteur des DIALOGUES n'a pas rendu, a de l'emphaſe, & ſignifie qu'enfin le temps eſt venu où l'Empire des Ceſars eſt plus grand que leur patrimoine.

Un autre endroit du meſme Panégyrique ſur l'entrée de Trajan dans Rome ne leur ſemble pas exprimé aſſez vivement. Les uns publioient aprés vous avoir veû qu'ils avoient aſſez veſcu; les autres qu'ils devoient encore vivre. Le latin porte : *Alii ſe ſatis vixiſſe, te viſo : alii nunc magis eſſe vivendum prædi-*

*cabant* ; & un de nos Sçavans voudroit que le Traducteur euſt dit, les uns publioient qu'aprés vous avoir veû ils eſtoient contens de mourir ; les autres au contraire, que c'eſtoit le temps de vivre.

Il y a ſelon eux quelque choſe à redire dans la traduction de ces paroles du Panégyrique de Pacatus : *Factum quod tantis infrà ſupráque temporibus, nec invenerit æmulum, nec habuerit exemplum*; & ils veulent qu'on mette ainſi le paſſage. La poſtérité pourra-t-elle croire que dans noſtre ſiécle il ſe ſoit fait une choſe qui n'ait point eû d'imitateur dans les ſiécles qui l'ont ſuivie, ni d'éxemple dans les ſiécles qui l'ont précédée : au lieu de dire, *qui n'a point eû d'imitateur dans les ſiécles ſui-*

vans, *ni d'éxemple dans les fié-
cles précédens.*

Je vous demande pardon,
Madame, de vous citer tant
de latin : mais outre que c'eſt
entre nous deux, & que je n'ay
garde d'aller dire que vous en-
tendez la langue de Ciceron
preſque auſſi-bien que Madame de la Sabliére, je ne puis
vous faire ſentir ce qu'il y a de
vicieux dans la traduction des
paſſages latins, qu'en vous rap-
portant les paſſages meſmes.
Prenez donc patience, s'il vous
plaiſt, & voyez juſqu'où va la
critique.

Le *tanti non eſt ut placeam ti-
bi perire*, n'eſt pas bien traduit
au gré de quelques gens fort
habiles. *Il n'y a pas tant d'a-
vantage à mourir pour vouloir
vous plaire à ce prix-là*, ou,

ce qui revient au mesme, *la mort n'a rien de si charmant que je veuille mourir pour avoir l'honneur de vous plaire*, ne leur semble pas si naturel que cecy : *Je n'estime pas tant l'honneur de vous plaire, ou l'honneur de vous plaire n'est pas une chose si avantageuse que je veuille l'acheter au prix de ma mort*. D'autres trouvent la traduction de l'Auteur des DIALOGUES plus fine & plus réguliére, par rapport au latin de Martial.

Ces Sçavans ont plus de raison sur un autre endroit du mesme Poéte :

*Jam vicina jubent nos vivere mausolea ;*

*nous font des leçons pour vivre,* n'exprime pas sa pensée : il falloit dire, *nous ordonnent de joüir de la vie , de nous conserver, de*

*nous divertir, de faire bonne-che-*
*re tandis que nous le pouvons ,*
*& que nous en avons le temps.*
Mais peut-eſtre que l'Auteur
des DIALOGUES n'a oſé
le dire par une délicateſſe de
conſcience. Quoy qu'il en ſoit,
*ſont des leçons pour vivre ,* va
aux mœurs, à la conduite, à
la politeſſe. *Je vous apprendray*
*à vivre : un homme qui ne ſçait*
*pas vivre,* cela ſignifie, *Je vous*
*apprendray à vous conduire plus*
*ſagement, ou plus honneſtement :*
*un homme qui n'a nulle politeſſe,*
*& nul uſage du monde.* Un de
nos plus ſpirituels courtiſans,
qui fait ſes délices des Poëtes
de la Cour d'Auguſte, qui a
leû Horace pluſieurs fois, &
qui ſe pique de l'entendre,
ſoûtient que l'Auteur de LA
MANIÉRE DE BIEN

PENSER a mal rendu,

*Ah te, meæ si partem animæ rapit*
*Maturior vis : quid moror altera;*
*Nec charus æque, nec superstes,*
*Integer ?*

en disant : *Ah si la mort vous*
*ravit, vous qui estes une partie*
*de mon ame, comment vivre avec*
*l'autre, n'estant plus ni aimé,*
*ni entier comme j'estois.* Et il veut
qu'on traduise ainsi : *Ah si une*
*mort précipitée vous ravit, vous*
*qui estes la moitié de mon ame :*
*moy qui suis l'autre, comment de-*
*meurer en vie, ne m'estant pas si*
*cher à moy - mesme que vous me*
*l'estes, & ne restant point tout*
*entier ?*

Il n'est pas content non plus
de la traduction de ce mot de
Saint Augustin : *Nolebam dimi-*
*dius vivere,* qu'Eudoxe rapporte au mesme endroit. *Je ne vou-*

lois pas vivre à demi, pour dire de la moitié de moy-mesme ; & il croit que *vivre à demi* signifie autre chose ; que c'est *n'estre pas à soy, n'avoir pas tout son temps libre, ne joüir pas de la vie ;* & qu'un homme ac- cablé d'affaires parleroit fort juste, s'il disoit, *Je ne vis qu'à demi.*

Un de mes amis qui aime Ta- cite passionnément, & qui l'a toûjours entre les mains, a re- marqué que le passage qui re- garde les Chrestiens au sujet de l'incendie de Rome, n'est pas traduit fidellement : *haud perinde in crimine incendii quam odia generis humani convicti sunt.* Il avoüë que le passage est ob- scur ; mais il dit que l'Auteur des DIALOGUES en a al- téré le sens : *Ils ne furent pas moins convaincus de l'incendie, que de la haine du genre humain,* ne rend pas la pensée de l'Historien dans toute l'éxactitude que la traduction demande ; & il falloit dire : *Ils furent plus aisément convaincus de la haine du genre humain que de l'incendie dont on les accusoit.*

Pour ne vous pas fatiguer davantage de latin, MADAME, & pour ménager vostre modestie, je laisse deux ou trois petites remarques qui ne sont que des vetilles, & je passe aux langues que vous n'avez point honte de sçavoir.

On trouve que l'Auteur a trop affecté les citations italiennes & espagnoles, luy qui se déclare tant contre l'affectation : & ceux qui entendent parfaitement l'italien ont pei-

ne à souffrir son peu de fidéli-
té dans la traduction de deux
endroits remarquables ; l'un est
du Sonnet de Girolamo Pre-
ti sur les ruines de l'ancienne
Rome :

*Voltò sossopra il mondo, e'n polve*
    *è volta.*

Cela signifie que Rome a ren-
versé le monde, & qu'estant
renversée à son tour, elle a esté réduite en poussiére ; & non
pas que le monde estant ren-
versé, elle a esté réduite en
poussiére, comme dit Philanthe, en traduisant le Sonnet ;
car *voltò* est là le préterit de
*voltar*, & non pas le participe
de *volgere*.

L'autre endroit est du Sonnet que fit le Pere Spinola Jésuite estant à Paris, avant que
d'aller offrir ses respects au Roy :

*Perche adorino al fin la Fè di*
   *piero*
*L'Arabo, l'Indo, il Maauro, il*
   *Perso, il Trace,*
*Ah sia del gran Luigi il mondo*
   *intero.*

Le Poëte veut dire : puis que le Calvinifme a efté détruit en France prefque d'un feul mot, & par l'autorité Royale, Ah que LOUÏS LE GRAND devienne le maiftre du monde entier, afin que l'Arabe, l'Indien, le Maure, le Perfan, & le Turc embraflent la Foy Catholique!

» Au lieu que Philanthe dit, puis
» que le Roy a détruit le Calvi-
» nifme prefque d'un feul mot,
» & par fon autorité Royale, il
» n'a qu'à devenir le maiftre du
» monde pour rendre le monde
» entier Catholique, & faire que
» l'Arabe, l'Indien, le Maure,

le

le Perfan, & le Turc fe foumet-
tent au joug de l'Eglife.

Ce tour d'expreffion : *Il n'a
qu'à devenir le maiſtre du monde* ,
ne laiffe pas de donner un peu
d'occupation à un Prince, mefme auffi conquerant que le noftre ; & eſt bien different de
l'*Ah ſia*, qui n'eſt qu'un fou-
hait, & que la traduction en
vers françois ne rend pas en-
tiérement quelque belle & noble qu'elle foit.

*Ha qu'on verroit bientoſt par tout*
        *regner la Foy,*
*Et le vray Dieu connu dans les*
        *deux Hémiſphéres,*
*Si du monde* Louïs *eſtoit l'uni-*
        *que Roy !*

La traduction de *Scudiero o*
*Scudo* du Taffe par *eſcuyer* ou
*bouclier* ne plaiſt pas non plus,
& on prétend qu'il falloit con-

E

ſerver en françois le jeu qui
„ eſt en italien. Je ſeray lequel
„ vous voudrez, voſtre eſcuyer,
„ ou voſtre écu.

*Le Lope de Vegue* eſt condamné généralement : on dit qu'il
ne faut point d'articles aux
noms eſpagnols, & que c'eſt
un uſage réſervé pour les noms
italiens; il y en a meſme qui
n'aiment pas *Lope de Vegue*, &
qui veulent *Lope de Vega*.

Au reſte, MADAME, ne
penſez pas que les critiques
ayent épargné l'Auteur ſur ce
qui regarde noſtre langue : ils
avoûënt qu'il écrit poliment
& correctement; mais ils diſent
que toute ſon attention dans
les DIALOGUES a eſté ſur la
maniére de bien penſer, & que
c'eſt peut-eſtre ce qui luy a
fait négliger le langage en quel-

ques endroits. Voicy les négli-
gences, ou les fautes princi-
pales qu'on a remarquées.

*De sens froid,* au lieu de *sang
froid,* qu'il faut dire, à l'imitation des Italiens qui disent, *di
sangue freddo : l'ammazzò di sangue freddo.*

*Pensée hardie & fanfaronne,* au
lieu de *pensée hardie & outrée.* Le
mot de *fanfaron* ne vient pas là,
& dit plus qu'on ne veut dire.

*Evesque du Bellay* pour *de Bellay.*

*Hauteur* pour *élévation,* quand
il s'agit de fortune, ou d'esprit :
on croit que *hauteur* dans le figuré ne signifie que *fierté* & or-
gueil.

*Vertu* pour *qualité,* en disant
que la clarté est la premiére
vertu de l'éloquence. On ne
pense pas que *vertu* se dise que

dans le moral, ou dans le phy-
fique : *La vertu des fimples ; ce
reméde a une grande vertu.*

*Sulpice* pour *Sulpitius,* l'ami de
Cicéron, qu'il eſt bon de diſtinguer des Sulpices de l'Hiſtoire Eccléfiaſtique.

*Monftre,* en parlant de taille
gigantefque ; car quoy - qu'un
géant ait quelque chofe de
monftrueux, ce n'eſt pas proprement un monftre dans noſtre langue. Ce mot emporte
quelque chofe contre l'inten-
tion de la nature : par éxemple, une figure irréguliére &
affreufe comme celle d'un ani-
mal qui auroit deux teſtes.

*Jupiter n'a pas dans toutes fes
finances de quoy payer l'Empe-
reur,* au lieu de dire, *Jupiter n'a
pas dans tous fes trefors ;* car *tre-
for* fe prend pour un amas d'ar-

gent, & pour le lieu mesme où l'argent est enfermé. On ne croit pas que le mot de *finances* se prenne de la sorte, ni qu'il convienne si bien à Jupiter.

*Ces pensées ont un éclat qui frappe d'abord, & semblent mesme convaincantes à la premiére veûë.* Le mot de *convaincantes* n'est pas, dit-on, en sa place ; & *raisonnables* eust esté un terme plus propre.

*Former en soy la peinture d'un objet ou spirituel ou sensible,* au lieu de *former l'idée :* car le mot d'*idée* est plus simple, & n'est pas métaphorique comme *peinture.*

*Scarron estant venu en l'autre monde,* pour *estant arrivé,* selon la régle de M. Ménage dans ses *Observations sur la Langue Françoise.*

*Approcher des Dieux de la mer,*
pour *leur estre semblable :* c'est
traduire trop fidellement les
paroles de Pline, *Diis maris pro-*
*ximus.* Car en disant qu'un Pilote qui entre dans le port malgré la tempeste, approche des
Dieux de la mer ; on ne sçait
d'abord si le pilote veut estre
plus prés des Dieux de la mer,
ou s'il leur ressemble ; & on
peut prendre le propre pour le
figuré ; cela fait du moins une
équivoque que le Gentilhom-
me bas-breton ne souffriroit
pas.

*Nulles personnes ne s'affligent,*
*nulles personnes ne violent leur*
*foy avec plus d'ostentation,* pour
*il n'y a point de gens qui s'affli-*
*gent, qui violent leur foy avec*
*plus d'ostentation.* Ceux qui entendent bien nostre Langue,

n'approuvent point *nulles personnes*.

Ils condamnent aussi *pastorales*, pour dire simplement *églogues*, &, selon eux, *pastorale* signifie toûjours une piéce de
théatre, où il n'y a que des ber-
gers. Ils croyent néanmoins que
*poësies pastorales* peut signifier
des églogues; & que si l'Auteur
de LA MANIE'RE DE BIEN
PENSER avoit dit, *les jardins
& les poësies pastorales d'un de nos
amis*, il auroit parlé plus juste.

Ils ne peuvent souffrir une pa-
renthese qui embarasse la période où est l'endroit de Pline que
je viens de rapporter, & laquel-
le commence de la sorte : *Que si
dans le paganisme, pour revenir
à ce que je vous disois tout-à-l'heure d'Horace & de Sapho, ceux qui
pensoient juste n'osoient égaler ab-*

folument les hommes aux Dieux, jufques-là que Pline le Jeune fe reprend luy-mefme d'avoir dit, qu'un pilote qui entre dans le port malgré la tempefte, approche des Dieux de la mer, fera-t-il permis dans noftre Religion, &c. Ils difent que l'Auteur ne pardonneroit pas à Meffieurs de Port-Royal une telle parenthefe, ni une telle période.

Ils ne trouvent pas de netteté ni d'exactitude dans la traduction du paffage de l'ami de Cicéron. *Eh quoy nous autres petits hommes qui voyons dans un mefme endroit les cadavres de tant de villes, nous ne pouvons fans indignation voir mourir quelqu'un de nous dont la vie doit eftre plus courte !* On diroit que, *dont la vie doit eftre plus courte,* fe rapporte à quel-

qu'un en particulier, quoy-
que cela se rapporte à nous en
général; de sorte que pour oster
l'équivoque, il faudroit dire ;
*Eh quoy nous autres petits hom-*
*mes qui voyons dans un mesme*
*endroit les cadavres de tant de*
*villes, & dont la vie doit estre*
*plus courte, nous ne pouvons sans*
*indignation voir mourir quel-*
*qu'un de nous.*

Enfin, MADAME, des Criti-
ques fort judicieux trouvent à
redire *au Roy Priam*, dans l'endroit où dit Eudoxe : *Je n'ai-*
*me guéres non plus la pensée de*
*Sénéque le Tragique sur le Roy*
*Priam*, & ce *Roy Priam* leur
paroist copié du *Roy David.*
C'estoit assez de dire *Priam.* Ils
blasment aussi, *a besoin de feu*
*tandis que Troye brusle*, pour exprimer ces paroles latines.

*Flammâ indiget*
*Ardente Trojâ.*

Il semble que Priam ait besoin de feu pour se chauffer, & il falloit rendre *flammâ indiget* par *manque de bucher*; ou, pour conserver la pointe, *manque de la flamme du bucher.*

Ils n'aiment pas : *Les Auteurs profanes qui subtilisent le plus,* & croyent que *subtiliser* appartient au raisonnement. Ils croyent encore que *rafiner, rafinement,* qui sont toûjours pris en mauvaise part dans les DIALOGUES, peuvent avoir quelquefois un trés-bon sens.

*Mouroient par les mains de leurs gens,* ne leur semble pas assez net; parce que l'on doute si c'est par les mains de leurs domestiques, ou des gens de leur parti.

*Où on disoit* a une rudesse qui les choque, & *où l'on disoit* leur paroist plus doux.

*La flatterie n'a jamais peut-estre élevé personne plus haut ;* c'est mieux dit à leur gré : *La flat-terie n'a peut-estre jamais élevé personne plus haut ;* & l'un est plus régulier que l'autre.

Vous voyez, MADAME, qu'on ne passe rien à nostre Auteur ; on ne luy pardonne pas mesme de légéres fautes d'impression, sur tout dans l'i-talien & dans l'espagnol : aussi se peut-il bien faire que quel-ques-unes sont sur son compte plûtost que sur celuy des Impri-meurs, & qu'elles ne seroient pas dans le Livre, s'il avoit une parfaite connoissance de ces deux Langues.

J'oubliois de vous dire qu'on

n'a pas épargné le Titre : il paroiſt peu juſte à quelques per-
ſonnes fort intelligentes, qui
au lieu de LA MANIÉRE DE
BIEN PENSER DANS LES
OUVRAGES D'ESPRIT, vou-
droient que l'Auteur euſt mis
LA MANIÉRE DE BIEN
PENSER SUR LES OUVRA-
GES D'ESPRIT, OU LE JU-
GEMENT DES PENSÉES.
D'autres néanmoins le trouvent
bien, & croyent que l'Auteur
a eû plus en veüe d'inſtruire
ceux qui écrivent que ceux qui
liſent.

Mais ce qui vous ſurprendra,
MADAME, c'eſt qu'on a critiqué juſqu'au prix du Livre, &
un fort galant homme dont la
fortune n'égale pas le mérite,
me diſoit l'autre jour, en me
parlant des DIALOGUES

d'Eudoxe & de Philanthe :
Pour moy je n'y trouve qu'une
chose à redire, c'est qu'on les
vend trop cher.

Voilà, MADAME, tout ce
qui m'est revenu contre LA
MANIERE DE BIEN PEN-
SER; & il ne me reste plus qu'à
vous dire ce que j'en juge moy-
mesme.

A vous parler de bonne foy,
ce Livre est un des plus agréa-
bles, & des plus utiles que j'aye
jamais leû en matiére de belles
Lettres : il attache tellement,
qu'on ne peut le quitter dés
qu'on a commencé à le lire. Il
réjoûit l'imagination, & réctifie le jugement tout à la fois ;
il fait mesme penser ; & je
trouve le mot de M. le Prince
fort vray, que c'est un Livre
qui donne de l'esprit. J'y ay ap-

pris mille belles choses que j'a-
vois oubliées, & mille bonnes
choses que je ne sçavois pas,
ou dont je n'avois qu'une idée
confuse.

J'ay eû sur tout du plaisir à
voir la généalogie de certaines pensées que les modernes
ont dérobées aux anciens, &
les découvertes que l'Auteur a
faittes sur la délicatesse qui estoit comme un païs inconnu.

Ce Livre semble estre un ex-
trait de tous les bons Auteurs
de l'Antiquité & des derniers
siécles. C'est un précis de ce
qu'il y a de meilleur dans les
belles connoissances; & ce qu'a
dit Mademoiselle de Scudery,
que c'estoit une biblioteque
choisie pour les délices de l'esprit, me paroist trés-raisonna-
ble.

Enfin, MADAME, ſi on s'en rapporte au témoignage de M. le Comte * * *, qui eſt pré-ſentement à la Cour, & qui a un diſcernement ſi exquis : la « France a bien plus d'obligation « à l'Auteur des DIALOGUES « qu'à Meſſieurs de l'Académie; « ceux-cy ne redreſſent que les « paroles, & celuy-là redreſſe le « ſens. «

A la vérité ce témoignage eſt un peu fort, ou plûtoſt un peu flatteur ; & j'ay peine à croire que tous les Académiciens y ſouſcrivent : quelques-uns ſans doute en feront des plaintes pu-bliques, & en demanderont juſtice comme d'un faux témoi-gnage rendu par amitié ou par préoccupation.

Les principes au reſte ſur quoy

SER est établie, sont si justes &
si seûrs, que ce nouvel Art d'é-
loquence est comparable en
quelque façon à l'Art poëtique
françois que nous avons entre
les mains, & peut nous servir de
régle pour juger sainement des
pensées qui doivent entrer dans
les compositions ingénieuses.

Au regard du stile, on ne
peut nier que tout l'ouvrage ne
soit écrit avec beaucoup d'é-
légance & de pureté ; & je vous
avoûë que le caractére naturel,
vif & délicat qui y regne depuis le commencement jusqu'à
la fin, est tout-à-fait de mon
goust.

Je ne laisse pas d'approuver
une partie de la critique que
je vous ay rapportée ; & je
croy que l'Auteur des D I A-
L O G U E S passera condamna-

tion fur certains endroits. Ceux
qui le connoiſſent particulié-
rement m'ont aſſeûré qu'il n'eſtoit point enteſté ; qu'il eſtoit
docile , & qu'il conviendroit
meſme ſans peine, ſi on vou-
loit, que ſon Livre ne vaut rien ;
pourveû que tout le monde de-
meuraſt d'accord que le galimatias de Saint Cyran eſt un
chef-d'œuvre & un modele en
ce genre-là.

J'attends, MADAME, que
vous me diſiez à voſtre tour ce
que vous penſez ſur les DIA-
LOGUES ; & je ſuis, &c.

DEPUIS que ma Lettre eſt
écrite, deux de mes amis me
ſont venus voir , & à l'occa-
ſion des DIALOGUES d'Eu-
doxe & de Philanthe ils ont forꝰ

diſputé ſur un paſſage de Tacite qui y eſt rapporté : c'eſt celuy où Bojocalus chef des An-
fibariens qui s'eſtoient ſaiſis,
malgré les Romains, d'un païs
abandonné, refuſe fiérement
des terres qu'Avitus luy avoit
offertes en particulier. Voicy
les propres paroles de Bojocalus qui ont donné lieu à la diſ-
pute de mes amis : *Deeſſe nobis
terra in qua vivamus, in qua
moriamur non poteſt.*

L'un prétend qu'Eudoxe n'a
pas pris le ſens en faiſant dire à
ce Barbare : *Nous ne pouvons
manquer de terre où nous vivions
& où nous mourions*, & que le
latin ſignifie, comme l'a traduit
d'Ablancourt : *Ceux qui n'ont
point de terre pour vivre, en ont
du moins pour mourir.*

L'autre ſoûtient qu'Eudoxe

a rendu fidellement les paroles
de l'Hiſtorien ; & que ſelon le
tour de la phraſe *non poteſt*, ſe
répand ſur *in qua vivamus, in
qua moriamur.* Il ajoûte que pour
prendre *in qua vivamus* dans un
ſens oppoſé à celuy d'Eudoxe,
il faudroit que *poteſt* fuſt ſouſ-
entendu, ce qui ne ſeroit pas
trop grammatical. Il trouve
meſme que ce que dit aupa-
vant Bojocalus, que la terre eſtoit le partage des hommes,
comme le ciel le domicile des
Dieux, *ſicut cælum Diis, ita ter-
ras generi mortalium datas :* que
cela, dis-je, conduit au ſens le
plus ſimple, *qu'on ne manque
point de terre ni pour vivre ni
pour mourir.* Enfin il défend la
traduction d'Eudoxe par celle
d'Achille de Harlay, ſieur de
Chanvallon, Marquis de Bré-

val, qui rend ainſi le paſſage. *Il ne nous manquera jamais de terre où nous puiſſions vivre, ni où nous puiſſions mourir.*

Pour moy, MADAME, ſi vous voulez que je vous en diſe ma penſée, le ſens d'Eudoxe me paroiſt plus naturel & plus régulier par rapport aux paroles de l'hiſtorien & à l'hiſtoire meſme. L'autre me ſemble plus recherché & plus vif, plus conforme à la fierté d'un barbare & au caractére de Tacite. Je croy aprés tout que l'un & l'autre ſe peut ſoûtenir ; & les Commentateurs ſont partagez là-deſſus auſſi-bien que les Traducteurs.

munauté des Libraires & Imprimeurs
de Paris le 22. Avril 1688. Signé,
J. B. COIGNARD, Sindic.

Achevé d'imprimer pour la premiére fois le 24. Avril 1688.